T0284645

A Rilke,
variaciones

Rafael Cadenas

A Rilke, variaciones

Prólogo de Jordi Doce

Galaxia Gutenberg

Edición al cuidado de Jordi Doce

Publicado por
Galaxia Gutenberg, S.L.
Av. Diagonal, 361, 2.º 1.ª
08037-Barcelona
info@galaxiagutenberg.com
www.galaxiagutenberg.com

Primera edición: marzo de 2024

© del original: Rafael Cadenas, 2024
© del prólogo: Jordi Doce, 2024
© de esta edición: Galaxia Gutenberg, S.L., 2024

Preimpresión: Maria Garcia
Diseño de colección: Albert Planas
Impresión y encuadernación: Romanyà-Valls
Sant Joan Baptista, 35, La Torre de Claramunt-Barcelona
Depósito legal: B 72-2024
ISBN: 978-84-10107-30-4

Cualquier forma de reproducción, distribución, comunicación pública
o transformación de esta obra sólo puede realizarse con la autorización
de sus titulares, aparte de las excepciones previstas por la ley. Diríjase
a CEDRO (Centro Español de Derechos Reprográficos) si necesita
fotocopiar o escanear fragmentos de esta obra
(www.conlicencia.com; 91 702 19 70 / 93 272 04 45)

Sabia desnudez

«Tus puntuales palabras / hoy / se deslizan / en el tumul-
to» (497)[1], escribía Rafael Cadenas en *Gestiones* (1992),
dando cuenta de un diálogo con el poeta Rainer Maria
Rilke que viene de antiguo y que había dejado ya su im-
pronta en algunos pasajes de *Anotaciones* (1983), medi-
tación honda y fragmentaria, pero siempre coherente
(«estas anotaciones están entrelazadas por un hilo sub-
terráneo», [601]), sobre el lugar de la poesía en la mo-
dernidad... y en la propia vida. Es un diálogo que aflora
de nuevo en este *A Rilke, variaciones* y que se impregna,
como es costumbre en Cadenas, de preguntas, reservas y
confesiones de insuficiencia o de penuria («Llegué a ti
tarde [...] no estaba a punto / para entrar en tu casa / ni
recibirte en mi yermo»). Este afán por invocar a sus
maestros es característico de nuestro autor y ha ido
creciendo con los años, como si quisiera cumplir así

---

1. Menos los versos o pasajes que forman parte de este libro,
todas las citas de Rafael Cadenas están tomadas de *Obra entera.*
Poesía y prosa (1958-1995), introducción de Darío Jaramillo
Agudelo, Valencia, Pre-Textos, 2007. Damos entre paréntesis el
número de página.

un doble designio. Por un lado, saldar la deuda de un aprendizaje constante, incesante, que el paso del tiempo no hace sino renovar, porque atañe al espíritu y a las vicisitudes de nuestra existencia interior. Por otro, corregir de manera más o menos deliberada la tendencia de nuestra época al adanismo y la ignorancia miope de sus fuentes; y esa corrección pasa, en buena medida, por atenuar la importancia que ha cobrado la técnica, el oficio, la pericia instrumental, todo lo que ha generado una idea falaz o reductora de «utilidad» y convierte el libro en un artefacto que se hace y se diseña, orientado a un consumo que puede muy bien corromper –es tan difícil evitarlo– el impulso inicial de la creación. Como escribe en *Anotaciones*:

> Estoy lejos del poema como cosa de arte (*Kunst Ding*) que a veces se asemeja a un artilugio. Me interesa más expresarme que componer, y uno puede expresarse en tantas formas. En una simple frase. (594)

A Cadenas no le importa demostrar, sino *mostrar*, y aquí se muestra digno heredero de un Rilke todavía joven que, en abril de 1903, no tiene empacho en aconsejarle a Franz Xaver Kappus que lea «lo menos posible de cosas de crítica y estética: o son puntos de vista partidistas, petrificados y que han perdido el sentido en su endurecimiento falto de vida, o son hábiles juegos de palabras, en los que hoy triunfa esta opinión y mañana la contraria»[1]. Es la vieja oposición mefistofélica entre el árbol verde de la vida, la vida siempre dorada, y la gris teoría, el bisturí que hurga y disecciona y ultima la autopsia del cadáver. Puede parecer una posición paradójica en alguien que fue durante años profesor en la Escuela de Letras de la Universidad Central de Venezuela en Caracas, pero él mismo ha comentado que le habría gustado ver esta frase de Aldous Huxley en el vestíbulo de su facultad: «Nunca he sentido que la literatura fuese algo que ha de ser estudiado, sino más bien algo para disfrutarse» (586). Moderno casi a su pesar, Cadenas se aparta de las vetas más notorias y distintivas de la tradición postsimbolista, que tan bien conoce –la sensibilidad hipercrítica, las nociones de máscara y correlato objetivo, el poema como delicado mecanismo de relojería, los siete tipos de ambigüedad fijados por Empson, etc.–, para pegarse a la tierra con un decir exiguo, dictado por la necesidad, tensado por una mezcla de modestia, pudor responsable, amor artesanal a la palabra y asombro reverente ante la

1. Rainer Maria Rilke, *Cartas a un joven poeta*, edición bilingüe, traducción de Jesús Munárriz, Madrid, Hiperión, 2004, p. 41.

enormidad de la vida (como decía Wittgenstein, «que lo que existe exista es lo asombroso»).

Después de *En torno a Basho y otros asuntos* (Pre-Textos, 2016), poemario de inspiración oriental en el que su voz se hacía más liviana y perdía parte de su vieja tirantez, esa tensión admirable que anima libros mayores de su producción como *Falsas maniobras*, *Intemperie* y *Memorial*, Cadenas retoma –quizá nunca lo dejara– el diálogo con Rilke que dejó abierto en *Gestiones*. A los diecisiete poemas editados entonces hay que añadir ahora cuarenta y tres inéditos, muchos de ellos brevísimos, apenas glosas o apuntes al margen, surgidos de una larga frecuentación de la obra que es también asedio fascinado al enigma mismo de su autor. Desde el primer compás («Ibas / hacia donde no llega / ningún camino»), los poemas se dirigen a un «tú» al que rinden tributo público, y al hacerlo van desgranando sus méritos, sus virtudes, los signos más visibles de su distinción. Lo que Cadenas encuentra en Rilke es una manifestación particularmente lúcida e inspiradora del espíritu poético, capaz de conversar con su tiempo histórico sin someterse a él, desoyendo los reclamos de la actualidad voluble para afianzarse en la roca de un presente propio, buscando «el inmóvil ahora / que jamás se detiene» (491). De él admira su «exigua riqueza léxica», un «lenguaje [que] no nace de la superabundancia» (591). A lo que añade: «También tranquiliza aquel lento hacerse de Rilke, paso a paso, desde una escasez» (592), donde se oye el eco de las palabras que el autor de *El libro de horas* le dirige a Kappus: «poco vale un año, y diez años no son nada. Ser artista significa no calcular ni contar; madurar como el árbol, que no apremia a su savia»[1].

Si en los poemas de *Gestiones* Rilke es el extraño, el desterrado, el solitario que ahonda en su soledad, el menesteroso y desabrigado, el desasido, en este nuevo libro el énfasis recae en el don del poeta para dar a las cosas su vida, su realidad más íntima, «transformándolas / en lo que eran, devolviéndolas a su exactitud, / bañándolas en su propio oro» (486). Rilke es el poeta del cuidado y de la revelación, desatendido de un impulso anhelante y egotista que no hace sino proyectar la sombra devoradora del yo, impidiendo comprender la naturaleza del mundo, su milagro implícito. Es también el poeta de la espera, de la infinita paciencia, del repliegue amoroso que busca estar presente entre las cosas para dar testimonio de su existencia, su plenitud fugaz, y así ser digno de ellas. Y esa facultad para dar testimonio corre pareja a la de habitar la propia soledad y hacerse cargo de uno mismo. El amor

1. *Ibidem*, p. 43.

11

–dice– es la «ocasión sublime para que madure el individuo, para que llegue a ser algo en su interior, para que se transforme en mundo para sí mismo por amor a otro»[1]. Como explica Cadenas, Rilke habló a los seres humanos –lo sigue haciendo– «para que se mirasen / quitándoles así la arrogancia, / esa demasía que les cierra el paso / hacia su insospechada profundidad».

Desde ese punto de vista, la lección rilkeana no es muy distinta de la que Cadenas percibe en Basho: el yo es el gran enemigo, y con su apaciguamiento o suspensión se van también los fantasmas del deseo y los afanes cegadores de la voluntad. Pero mientras que en Basho se da una celebración de lo concreto, de su aparición, un viaje de los sentidos al enigma que está en la raíz del zen –el haiku es el portal de una iluminación muda–, en Rilke el pensar y el poetizar no están escindidos y en sus poemas, como recuerda alguna vez el poeta venezolano, «falta lo concreto, abundan las palabras abstractas, incoloras, ajenas al regodeo inmediato de los ojos» (592). En realidad, son caminos distintos hacia un mismo destino. De ahí que este libro, todo él, sea la celebración de una obra donde «fulgura / el ahora / eterno» y «ser sin más y vivir se conciertan».

1. *Ibidem*, p. 89.

Con todo, Cadenas no puede no evocar, siquiera de forma indirecta, la dramática situación de su país y encuentra en Rilke, educado tempranamente en la academia militar de Sankt Pölten —en la que tanto padeció—, célebre viajero y apátrida, a alguien inmune al militarismo y el fervor nacionalista, que iba «de país en país / y a la vez por encima». Lejos de toda tentación victimista, Rilke convirtió esa experiencia de primera juventud en fuente de una convicción que dirigió su vida tanto de puertas afuera —esa existencia nómada «entre palacios / trenes / hoteles»— como en las habitaciones recónditas de la conciencia: no hay más patria que el ahora inmenso de la percepción reflexiva, el ejercicio amoroso de atención y cuidado.

Cabe entender toda la escritura última de Rafael Cadenas, de *Gestiones* en adelante, como un viaje hacia el despojamiento verbal y cierta ligereza asociada a una desconfianza burlona del propio yo, que en última instancia supone su desmontaje o arrumbamiento. Las diversas etapas de ese viaje se corresponden con Virgilios diversos que van mostrando la vía y dan indicios, consejos, advertencias. Son también indicios para el lector que se acerque a este libro, porque la poesía de Cadenas es un ejercicio de sabiduría velada que no quiere deslumbrar, sino iluminar, hacer camino y mostrarlo. Pocas veces en nuestro idioma la palabra se presenta tan desnuda, tan inerme y vulnerable. Ningún poema puede leerse de manera superficial o desatenta, pero aquí más que nunca hay que extremar el cuidado y fijarse en los silencios, las pausas, los ecos internos, el carácter en ocasiones tentativo de muchos fragmentos, su aversión a un decir fácil, su miedo a incurrir en flatulencias retóricas y falsa brillantez. Como ha dicho él mismo, «no quiero apartarme de la voz con que vivo» (594). Conviene subrayarlo en estos tiempos de pantallas compulsivas y muchedumbres digitales. Quien arrime los ojos a estos versos y los diga en voz alta –porque me parece que solo la lectura en voz alta garantiza la atención debida–, estará tocando a un hombre. Ese hombre, que escribe en un cuaderno en la soledad de su apartamento, «es uno entre millares» (582). A la vez, es único. Y nos dice lo que solo él puede decirnos: su verdad, su mezcla inconfundible de mansedumbre y rebeldía, su saber paciente, su jardín de palabras ganadas al silencio del desierto.

JORDI DOCE

A Rilke,
variaciones

I

Ibas
hacia donde no llega
ningún camino.

Cuánto descampado
por unas palabras.

Tu voz
se yergue
            al margen
en las oscuras afueras.

Iniciabas
　　　socavando
　　　　　certidumbres.

Te construiste
a pasos.
Pero sin
señorío,
más bien
obediente.

Aprendo a ver, repetías.
No son usuales
               ojos
tan dados.

Todo era
un desaprender
en pos de la totalidad.

Tu palabra no cesa de buscar
a los que se desheredan
ellos mismos del Todo.

Festejo
tu fruición
de ser
ese tu vivir
tan uno con tu rededor,
tan reencantado,
tan sintiendo.

Rehusabas amar
–lo decías–, no obstante
anduviste prendido
de las venas terrestres
tan innegables.

De tus laboriosas letras
nos incumbe
                ver
con exactitud.

Un día
te residenciaste
en el momento
        que no cesa de fluir.

¿En alguna
de tus habitaciones
está el dios que exonera,
el andrógino,
el vivificante?
Él es el que concede
el don
del estremecimiento.

Nada está afuera de lo Total.
Aun así exige tanto
el tenerse en pie.

Nadie estaba contigo
en las noches agrandadas
por tu *soledad militante*
sin refugio,
sin arrimo,
sin asimiento.

No obstante enseñas sosiego
para empezar un desaprender.

Andabas sin apropiarte
de nada
y aunado
a fuerza de omitirte
como los pobres.

Cuánto exponerte
sin amparo
a lo ilimitado,
al trato asiduo con el miedo,
a la faena diaria del amor aprendido.

Tú no segaste
la infancia
y ella
te seguía los pasos,
te recuperaba de ti,
te hacía.

Se volvió hondura.

Recibiste el hondo encargo
de hacer patente
como esculpido
el misterio
omnipresente
al que se lo anexa
un ruidoso
olvido.

Preparaste tu idioma
para esa diligencia.

Les hablaste a los hombres para que se mirasen
quitándoles así la arrogancia,
esa demasía que les cierra el paso
hacia su insospechada profundidad.

Cuánto trashumar por rutas solas
a la busca
de tu entonación,
abolido
como quien mira
con ojos desocupados.

Dijiste
para mostrar el pasmo
de estar aquí.

Andabas
de país en país
y a la vez
            por encima.
No pertenecías
a ninguno.
Ni frecuenta
tus líneas
la cruel palabra patria.

Te dabas al ahora
que acaso
rompía la cárcel
de tus miedos
y te entregabas
sin resistencia
a manos impensables.

El horroroso
militarismo
quiso poseerte
pero no pudo
porque eras entero.

¿Por qué
avenirte
con el héroe
cuando se sabe
que deviene tirano
en el poder?

Tu andar
al raso
sin abrigo
nos sobrepasa.

Cómo sabías
conllevar tu miedo.

Tu poesía
se erige en medio
de la inatención
              que nos reduce.

Tu rosa
desguarnecida
resiste. Ella, tan herible,
sigue en su puesto,
está a salvo
en el darse.

II

El viajero andaba
entre palacios
trenes
hoteles
con su aguante
su recia suavidad
su desmedido silencio
su sabida timidez
buscando y rehuyendo
a las amigas cautivadas
con su conversación
–la Gespräch–
aislado
para tener a raya
a los hombres
tan olvidadizos
canjeando el mundo
por la realidad inmediata
y a la vez desconocida
haciendo
y deshaciendo

valijas
todo por el poema
pero más bien
por lo que el poema no dice
todo por la hora
que se separa del tiempo
todo para aceptar
pero no sin antes
dar con el espacio del rescate.

Llegué a ti tarde.

En los años de juventud
mis amigos te portaban
a sol y a sombra
pero no estaba a punto
para entrar en tu casa
ni recibirte en mi yermo.
Necesitaba años
de extravíos
encuentros que me alentaran
lecturas que me llevaran de la mano.
No sé a dónde me hubieras
conducido entonces
cuando uno es
arcilla errante.
Tal vez mi vida
hubiera sido otra.
Yo andaba lejos de mí
en gestiones ajenas
alucinado

por un espejismo
sangrante
lleno de respuestas
confinado ahí
sin ventanas
ni puertas de salida
ni senderos hacia el bosque.
¿Cómo hubiera podido
acercarme
a tus poemas
si no me veía?
¿Cómo hubiera
podido vislumbrar
tu rosa desde
aquellas rejas?
¿Cómo iba a oír
entonces
tu secreta dicción?

Pasé a tu lado
y no te vi

Lástima

Me habrías
tal vez
conducido por otra vía

Me estremece
la palabra destino

No acuso al destiempo
ni al puente roto
ni a los amigos que no te dejaban

Hubiera sabido temprano
que residimos fuera del tiempo
hubiera visto que nuestro miedo
oculta al ser
hubiera apartado la esperanza

que nos roba el momento
hubiera pasado de largo sin mirar
la sangrante utopía
hubiera cruzado sin tristeza
el río de cada día
hubiera dejado el escudo
en el claro que hacen tus manos
hubiera hecho mi morada
donde la memoria no hiere
me habrías encaminado
hacia el asentimiento
a vivir liviano
a no ser deudor del Todo
me hubiera mudado
con los que de pronto
reciben la donación
de otro mirar
volviéndome transparente
como quien se deja a un lado.
Hubiera sido otro
y no el que traza estas líneas.

Vivías
de asombro en asombro
que te colmaban.

Ahora
tu presencia
denota
distancia
ardiente.

Tu poesía nos alecciona
para dar con un ver desnudo
que nos devuelve lo que es.

No estabas a merced
de flaquezas
pero te recuperabas,
se desvanecían.

Tu silencio
pregona
lejanía.

En tu boca
fulgura
el ahora
eterno.

Desembocadura
de tu voz
el milagro
de asentir.

No basta la aquiescencia
sin el reencantamiento.

Al final
el sí subió a tus líneas.

Tu obra: un leve llevar de la mano
a donde ser sin más y vivir se conciertan.

Índice

A Rilke,
variaciones

I

II

III

Títulos publicados